JUDE BELLINGHAM
EL NIÑO QUE SOÑÓ CON SER CAMPEÓN
DE CHICO DE BIRMINGHAM A BRILLANTE EN EL BERNABÉU

Michael Langdon

Este Libro Pertenece A:

¡El futuro compañero de equipo de Jude!

Cita

"Si Bellingham sigue así, podría convertirse en el mejor futbolista inglés de todos los tiempos"

Gary Neville

Tabla De Contenidos

VIDA EN INGLATERRA	15
De Tal Palo, Tal Astilla	17
Los Hermanos Bellingham	19
Birmingham Llama	21
¡Descubierto!	23
22 Es El Número Mágico	25
Avance En Birmingham	27
Éxito En La Syrenka Cup	29
Para Recordar A Uno De Los Nuestros	31
VIDA EN ALEMANIA	33
Brillantez En La Bundesliga	35
Dominio En Dortmund	37
Orgullo Inglés	39
Aventura En La Champions	41
Su Primer Trofeo	43
Establecimiento con Inglaterra	45
Primer Gol Con Inglaterra	47
Desamor En El Mundial	49
Desamor En Casa	51
Acercamiento De Madrid	53

VIDA EN ESPAÑA — 55

La Camiseta Más Pesada — 57

Primer Mes En El Real Madrid — 59

Igualando A Las Leyendas — 61

Barcelona 1.0 — 63

Barcelona 2.0 — 65

Súperhéroe De La Súper Copa — 67

Ve Rojo — 69

Conquistador De La Liga — 71

Campeón De La Champions — 73

Eurocopa 2024 — 75

LA VIDA DE JUDE — 77

Al Tope De Kopa — 79

El Estilo De Jude — 81

Jude Recibe Elogios — 83

Ícono De Celebración — 85

La Importancia De La Familia — 87

El Cariño De Los Aficionados — 89

¡Tiempo Completo! — 91

Un Favor Rápido — 93

VIDA EN INGLATERRA

De Tal Palo, Tal Astilla

"¡Vaya, papá! Son 700 goles los que has marcado en tu carrera. Te quiero. ¡Eres mi héroe!" Jude Bellingham le gritó a su padre en una soleada tarde de domingo después de verlo marcar otro gol para su equipo de fútbol.

Mark Bellingham le dio a Jude un gran abrazo y un beso en la frente. "Gracias, campeón. Yo también te quiero. Pero ahora tengo que irme al trabajo."

Acababa de terminar un partido para el Leamington Football Club y necesitaba apresurarse a su trabajo nocturno. Verás, Mark Bellingham no era solo un jugador de fútbol; también era oficial de policía.

Jugar para equipos semiprofesionales significaba que Mark necesitaba otro trabajo para mantener a su familia. Así que, además de ser un delantero increíble en los campos de fútbol de los West Midlands en Inglaterra, también trabajaba como oficial de policía.

Fue el 29 de junio de 2003 cuando Mark y su esposa, Denise, tuvieron a su hijo Jude Victor William Bellingham, y sus vidas cambiaron para siempre.

Desde el momento en que Jude pudo caminar, a menudo acompañaba a su padre a los partidos de fútbol. Al crecer, veía a su padre marcar gol tras gol, lo que lo hacía querer ser como él.

Jude pasaba horas pateando un balón, tratando de imitar los movimientos de su padre en el campo. Su amor por el deporte comenzó en casa y rápidamente se convirtió en una verdadera pasión.

Mark pronto se dio cuenta de que su hijo era realmente bueno con el balón en los pies. Sus increíbles habilidades en el campo mostraban que tenía un futuro brillante en el fútbol.

Los Hermanos Bellingham

Dos años después de que Jude naciera, tuvo un hermanito llamado Jobe.

Fue en un campo verde cerca de su casa en Hagley, Inglaterra, donde Mark Bellingham llevaba a sus dos hijos a jugar al fútbol. Jobe y Jude ponían sus jerséis como postes para recrear los campos en los que veían jugar a su padre.

Luego se turnaban para ser el portero mientras el otro hermano se unía a su padre para intentar marcar el mayor número de goles posible. Mark se aseguraba de pasarles balones fáciles para que marcaran con el pie izquierdo, el pie derecho y la cabeza.

Los chicos se divertían mucho jugando con su padre, y sin siquiera darse cuenta, estaban aprendiendo mucho de uno de los mejores delanteros semiprofesionales de los Midlands ingleses.

Jude se contagió completamente del virus del fútbol. Jugaba al fútbol antes de ir al colegio, en el colegio durante el recreo y el almuerzo, y después del colegio también. ¡No podía tener suficiente fútbol!

Jude amaba tanto el juego que reunió a sus amigos de la escuela primaria de Hagley y formó su propio equipo llamado Stourbridge Juniors. ¿Y a quién crees que pidió que los entrenara? Nada menos que al legendario delantero de Leamington, Mark Bellingham, también conocido como Papá.

Jude prosperó en los Stourbridge Juniors. Las instrucciones del entrenador eran simples: "Todo lo que tienes que hacer es salir ahí y divertirte".

Divertirse para Jude significaba siempre estar con el balón y ser parte de la acción.

Le encantaba dirigir el espectáculo en el campo de fútbol, por lo que a menudo retrocedía al mediocampo para pedir el balón y luego llevarlo hacia adelante para asistir a sus compañeros o marcar él mismo. Le encantaba ser lo que llaman un centrocampista "de área a área".

Birmingham Llama

Pronto se corrió la voz por los Midlands sobre un niño de 7 años que marcaba unos 10 goles cada vez que jugaba para su club. "No está mal para un delantero de esa edad", era la respuesta habitual de la gente.

"No, no es delantero, es centrocampista", les corregían. Fue entonces cuando la gente se quedaba asombrada. Jude estaba marcando y asistiendo innumerables goles desde el centro del campo cada vez que jugaba para su equipo de los sábados.

Desafortunadamente, su padre también jugaba al fútbol los sábados, así que no podía ver a Jude jugar muy a menudo.

Sin embargo, un día, cuando Mark se encontró jugando un domingo, vio a su hijo marcar 8 goles en un partido. ¡8 goles en un solo partido! Jude estaba encantado de que su padre hubiera estado allí para ver ese partido.

Al día siguiente, Jude fue a ver a su padre jugar para Leamington. Estaba muy contento porque no era muy frecuente que sus horarios de fútbol coincidieran, permitiéndoles verse jugar un fin de semana.

En las gradas del Leamington FC ese día, había un hombre llamado Simon Jones. Era el encargado de la academia juvenil del Birmingham City Football Club. Había venido a ver si había algún joven jugador en el Leamington FC que le gustara, pero ni siquiera llegó a ver ese partido porque algo especial sucedió durante el calentamiento.

En los minutos previos al partido, vio a un niño de 7 años jugando con los semiprofesionales en el campo. ¡Simon Jones se quedó asombrado por el toque del niño, su visión de gol y su capacidad de definición!

¡Ya parecía una estrella entre los semiprofesionales y solo tenía 7 años!

Inmediatamente llamó a sus cazatalentos y les dijo que fueran a ver a un joven llamado Jude Bellingham en el próximo partido de los Stourbridge U7s.

¡Descubierto!

En ese entonces, el Birmingham City FC era uno de los cuatro equipos de los Midlands en la Premier League. Así que cuando un cazatalentos fue a ver un partido del U7 de Stourbridge, la gente en la banda comenzó a hablar.

"Están aquí para ver al hijo de Mark", susurraban nerviosos los padres. Pero parecía que solo los espectadores estaban nerviosos. Jude, sin saber realmente que lo estaban observando, hizo lo que siempre hacía en el campo de fútbol y se divirtió.

Esa diversión se transformó en entradas increíbles en el borde de su propia área y en ganar balones aéreos de despejes largos. También recuperó el balón varias veces y dribló hermosamente hasta el área del equipo contrario, donde lanzó disparos que se incrustaron en las esquinas inferior derecha e inferior izquierda de la portería.

"¡GOOOOL!" gritaba con las manos en el aire cada vez que marcaba, antes de trotar de vuelta al círculo central y tratar de hacerlo todo de nuevo. ¡Era evidente que AMABA el deporte!

Cuando el partido terminó, y después de lo que parecieron horas de diversión, un hombre se acercó y se presentó a Jude y a su padre.

Mencionó que era un cazatalentos del Birmingham City FC y que le había encantado ver jugar a Jude esa tarde. Le preguntó a Mark si su hijo estaría interesado en unirse a la Academia del Birmingham City FC para jugar con los Sub-8.

Al principio, Jude estaba un poco triste. Le encantaba jugar al fútbol con sus amigos de Stourbridge y no quería dejarlos. Pero cuando se dio cuenta de que eso solo significaba hacer nuevos amigos futbolísticos y jugar al deporte que amaba con aún más personas, su corazón dio un vuelco.

Él y su padre decidieron que sería una buena idea ir a jugar para el Birmingham FC, así que se dirigieron al Wast Hills Training Ground y se puso una camiseta azul por primera vez en su vida.

22 Es El Número Mágico

Jude no era el mejor jugador cuando se unió al equipo de U7, pero rápidamente cambió eso simplemente divirtiéndose en el campo. No pasó mucho tiempo antes de que subiera al equipo de U9 y luego al de U10 para jugar contra chicos mayores que él.

Marcó 10 goles en uno de sus primeros partidos con los U10, así que el Birmingham lo movió al equipo de U11. Seguía marcando goles por diversión contra chicos mayores, y parecía que cuanto más jugaba con ellos, mejor se volvía. No solo marcaba goles; también hacía entradas, driblaba y los superaba, para luego terminar marcando contra porteros que también eran mucho mayores que él.

"Para ser honestos, Jude," dijo Mike Dodds, quien dirigía la academia del Birmingham City FC, "aún no sabemos cuál es tu mejor posición. Eres genial como un Número 4, increíble como un número 8, ¡y aún mejor como un número 10!"

Un número 4 es un mediocampista defensivo que recupera el balón para su equipo. Un número 8 es un mediocampista de área a área que mueve el balón entre la defensa y el ataque. Un número 10 es el mediocampista que crea y marca goles para el equipo.

Jude, a quien realmente no le importaban las etiquetas y solo quería jugar al fútbol y seguir divirtiéndose, no le dio mucha importancia.

"4 más 8 más 10 igual a 22," le dijo a su entrenador. "Así que solo llámame un veintidós," dijo en broma mientras se iba del campo de entrenamiento esa noche.

Y justo antes de subirse al coche de su madre, se giró hacia Mike, su sonrisa ya no estaba allí. "En realidad, me gusta ese número, ¿te importa si lo llevo en mi camiseta?"

Avance En Birmingham

Contento con su nuevo número, Jude rápidamente ascendió en las filas del Birmingham City FC. Cuando tenía 15 años, ¡ya estaba entrenando con el primer equipo del club!

Pep Clotet, el entrenador del primer equipo, no quería apresurarlo en el fútbol profesional (después de todo, solo tenía 15 años), así que invitó a Jude a entrenar con los mejores jugadores del club y a asistir a los partidos para que se familiarizara con lo que era ser un jugador profesional.

Sin embargo, siendo Jude quien era, no le tomó mucho tiempo progresar. En agosto de 2019, con 16 años y 38 días, jugó su primer partido con el primer equipo.

Bellingham se convirtió en el jugador más joven en la historia del Birmingham City en jugar para el club cuando debutó en un partido de la Carabao Cup contra Portsmouth, y así comenzó una de las carreras profesionales más grandes en el fútbol...

Lamentablemente para el Birmingham, esa noche perdieron 3-0. Pero Bellingham fue el centro de atención con una actuación de Jugador del Partido que llenó todos los canales de redes sociales del Birmingham City de elogios para su estrella adolescente.

Tres semanas después, el Birmingham City jugaba en casa contra el Stoke City. Jude entró como sustituto en la segunda mitad y recibió el balón a unos 40 metros de la portería. Recogió el balón, dribló rápidamente hasta el borde del área y lanzó un tiro desviado que se coló en la esquina inferior de la red. ¡GOOOOOOL!

Jude corrió hacia la bandera de córner para celebrar su gol con sus compañeros. Con 16 años y 63 días, ¡acababa de convertirse en el goleador más joven en la historia del Birmingham!

Éxito En La Syrenka Cup

Jude ya había impresionado a la federación inglesa de fútbol, y para el verano de 2019, era el capitán del equipo sub-17 de Inglaterra.

En septiembre de 2019, se dirigieron a Polonia para competir en la Syrenka Cup. No era tan grande como la Copa del Mundo o el Campeonato Europeo, pero era una gran oportunidad para Jude y su equipo de jugar contra algunos de los mejores equipos juveniles internacionales de Europa.

Jude lideraba a un talentoso equipo de los Tres Leones con futuras estrellas como Levi Colwill, Harvey Elliot y su amigo Jamal Musiala. Comenzaron fuerte, derrotando a Finlandia 5-0 en su primer partido, con Jude anotando uno de los goles.

Luego, se enfrentaron a Austria. Jude estaba en llamas y marcó el gol final en una victoria por 4-2, lo que puso a Inglaterra en la final de la Syrenka Cup contra Polonia.

En la final, Jude hizo un pase increíble a Harvey Elliot en los primeros 10 minutos. Los defensores polacos tuvieron que cometer falta sobre Elliot para detenerlo, lo que llevó a un penalti que Elliot convirtió. Luego, Jamal Musiala anotó otro gol, poniendo el marcador 2-0.

Parecía que Inglaterra ganaría fácilmente, pero Polonia, apoyada por su público local, luchó para empatar el partido 2-2, llevándolo a una tanda de penaltis.

Jude reunió a su equipo y los inspiró a ganar en los penaltis. Este fue su primer sabor de gloria internacional. Lideró a su país a la victoria y fue nombrado Jugador del Torneo.

En ese momento, Jude se hizo una promesa a sí mismo: ganaría otro trofeo para Inglaterra, pero la próxima vez, sería con el equipo senior en un Campeonato Europeo o una Copa del Mundo.

Para Recordar A Uno De Los Nuestros

Jude regresó de Polonia y tuvo una increíble primera temporada completa en el Birmingham City de 2019 a 2020. Fue tan bueno que, a mitad de la temporada, el Birmingham tuvo que rechazar una oferta de £20 millones del Manchester United por su joven estrella.

Terminó la temporada con 4 goles y algunas asistencias superimportantes que ayudaron al Birmingham City a mantenerse en el Championship por solo dos puntos. Jude fue tan asombroso en un equipo que casi descendió, que fue nombrado Aprendiz del Año del Championship y Jugador Joven de la Temporada de la EFL.

Al final de la temporada, todos podían ver que estaba destinado a ser una superestrella en el fútbol mundial. El Birmingham City sabía que no podían retener a su joven talento de buscar desafíos más grandes y luces más brillantes.

Se dieron cuenta de que lo perderían ante un club europeo más grande, así que al final de la temporada, lo dejaron ir. Pero no antes de hacer algo especial por su héroe futbolístico.

El club decidió retirar la camiseta número 22. Aunque Jude solo había jugado una temporada con el primer equipo del Birmingham, querían honrar lo que había hecho por el club. Así que decidieron que nadie más usaría la camiseta número 22. El club dijo que hicieron esto para "recordar a uno de los nuestros".

¡Qué gran honor para un chico de 16 años!

Algunas personas se rieron del Birmingham por hacer una declaración tan grande por un jugador joven e inexperto. Pero claramente sabían que este chico estaba destinado a la cima del mundo del fútbol. ¡Y tenían razón!

Así que, al final de la temporada 2020, Jude dejó Birmingham para perseguir sus sueños futbolísticos...

VIDA EN ALEMANIA

Brillantez En La Bundesliga

Jude se estaba convirtiendo en una estrella en este punto, y muchos equipos europeos querían que jugara para ellos. Su padre, Mark, se retiró de la fuerza policial para encargarse de los asuntos futbolísticos de Jude y también para ayudar a Jobe, quien estaba destacando en el Birmingham City y subiendo rápidamente de categoría.

Mark sabía que Jude necesitaba estar en un equipo que fuera excelente en el desarrollo de jóvenes jugadores, por lo que rechazó la oferta del Manchester United y aceptó la de Borussia Dortmund.

El equipo alemán era famoso por dar mucho tiempo de juego a sus jóvenes jugadores, como las estrellas Erling Haaland y Jadon Sancho. Mark no quería que el Manchester United fichara a su hijo solo para tenerlo sentado en el banquillo. Así que, el 20 de julio de 2020, Jude Bellingham se convirtió oficialmente en jugador del Borussia Dortmund.

Esta fue una decisión difícil para la familia Bellingham porque significaba que estarían separados. La madre de Jude, Denise, se mudó a Dortmund con él, mientras que su padre, Mark, se quedó en Birmingham para cuidar de Jobe.

Cuando Jude llegó a Dortmund, rápidamente hizo amistad con Jadon Sancho, quien tenía tres años más y ya era un habitual en el primer equipo. Jadon, que también era inglés, había crecido en la academia del Manchester City y se mudó a Alemania para jugar en el Dortmund unos años antes.

"¡Estoy tan emocionado de estar en Dortmund, hermano!" le dijo Jude a Jadon tan pronto como se conocieron.

"Estoy seguro de que te irá muy bien aquí," respondió Jadon con confianza.

"¡No puedo esperar!" dijo un emocionado Jude.

Y afortunadamente para Jude, no tuvo que esperar mucho.

El 14 de septiembre de 2020, estaba en la alineación titular para el primer partido de la temporada del Dortmund contra el MSV Duisburg de tercera división en la Copa Alemana, también llamada DFB-Pokal.

Dominio En Dortmund

A los 30 minutos de su debut profesional en Alemania, Jude dejó su huella en la escena del fútbol alemán.

Un balón fue jugado a su nuevo compañero del Borussia Dortmund, Thorgan Hazard, pero se desvió en el tobillo de un defensor, haciendo que el pase quedara ligeramente desviado. Hazard no tuvo más remedio que improvisar, golpeando el balón con el talón hacia el camino de un Jude que se acercaba.

Mostrando la calma y madurez que definirían su carrera, Jude tomó un toque para controlar el balón, abrió su cuerpo y disparó. El balón se desvió en la pierna extendida del portero y se elevó hasta el fondo de la red. ¡GOOOOOL! Jude se señaló el pecho y corrió a celebrar, anunciando al mundo del fútbol que había una nueva superestrella en la ciudad.

Su primer gol para el Dortmund llegó en menos de una hora de su debut, convirtiéndolo en el goleador más joven de la historia del Borussia Dortmund.

Cinco días después, hizo su debut en la Bundesliga contra el Borussia Mönchengladbach y no perdió tiempo en impactar el juego, asistiendo a Giovanni Reyna para el primer gol del Dortmund. El Borussia ganó 3-0, y Jude fue nombrado uno de los mejores jugadores del partido. No fue sorpresa que ganara el premio al Novato del Mes de la Bundesliga al final de su primer mes en Alemania.

Pero Jude no había terminado de establecer récords. En su segundo mes en Alemania, se convirtió en el inglés más joven en iniciar un partido de la Liga de Campeones con solo 17 años y 113 días. Esto fue sin duda una señal de las grandes cosas que estaban por venir para el joven Jude Bellingham.

Orgullo Inglés

Cuando llegó el descanso internacional en noviembre, Jude y su madre volaron de regreso a Inglaterra. Jude se suponía que jugaría para el equipo sub-21.

Aterrizaron en Inglaterra con una gran noticia: James Ward-Prowse y Trent Alexander-Arnold estaban fuera de la convocatoria del equipo senior. El entrenador de Inglaterra, Gareth Southgate, decidió promover a Jude del equipo sub-21 al equipo senior.

"¡Hermano, eso es una noticia increíble! Felicidades. ¿Te recojo para que vayamos juntos?" Jadon Sancho estaba súper emocionado de tener a su amigo y compañero de equipo uniéndose a él en el equipo de Inglaterra.

Cuando Jude entró en St George's Park para su primera sesión de entrenamiento, no podía creerlo. Apenas dos años antes, había visto a sus héroes como Harry Kane, John Stones y Jordan Henderson llegar a la semifinal de la Copa del Mundo. Ahora, estaba entrenando con ellos para representar a Inglaterra al más alto nivel. Si Jude sentía algún tipo de presión, ciertamente no lo mostraba.

Antes de los dos importantes partidos de la Liga de Naciones contra Islandia y Bélgica, Inglaterra jugó un partido amistoso contra Irlanda. Fue una oportunidad para que Southgate hiciera algunos ajustes finales en su equipo. Jude solo quería jugar para su país, pero pensó que podría no tener la oportunidad ya que acababa de ser promovido.

¿O sí?

Con 17 minutos restantes en el juego y con Inglaterra ganando 3-0, el asistente de Southgate pronunció las palabras que hicieron que el corazón de Jude se acelerara:

"Jude. Calienta, hijo. Vas a entrar."

Poco después, Jude reemplazó a Mason Mount y corrió al campo de Wembley. Con solo 17 años y 136 días, se convirtió en el tercer jugador más joven en jugar para Inglaterra.

Aventura En La Champions

Jude regresó a Dortmund con un paso animado. No había jugado contra Islandia ni Bélgica, pero seguía entusiasmado por haber debutado con Inglaterra contra Irlanda.

Se notaba que estaba emocionado por la forma en que jugaba en el campo para el Borussia Dortmund. Partido tras partido, ofrecía actuaciones de hombre del partido para su club, ayudando a los gigantes alemanes a alcanzar los cuartos de final de la Liga de Campeones, donde se enfrentaron al Manchester City.

Jude estaba emocionado por jugar contra el City. Le daba la oportunidad de competir contra sus compañeros de selección, Phil Foden y Kyle Walker, y también significaba que podría ver a su padre y a Jobe antes de jugar en Manchester.

El primer partido de los cuartos de final de la Liga de Campeones terminó 2-1 a favor del Manchester City. Fue especialmente decepcionante para Jude porque le anularon incorrectamente un gol por una aparente falta. La decepción no duró mucho. Pocos días después, marcó su primer gol en la Bundesliga para el Dortmund, un tiro potente contra el Stuttgart que se deslizó por el césped y pasó por debajo de las piernas de un defensor antes de anidarse en el fondo de la red.

Dortmund recibió al Manchester City unos días después, ¡y Jude volvió a marcar!

Mostrando rapidez de pies en el área rival, rápidamente cambió el balón de izquierda a derecha después de que un rebote le llegara y lanzó un disparo potente al costado de la red.

"¡GOOOOOL!" gritó mientras se deslizaba de pecho hacia las líneas laterales en celebración.

¡Erling Haaland saltó sobre él para celebrar también! "¡Qué gol, amigo!" dijo Haaland. Jude acababa de poner al Dortmund en control de la eliminatoria con la ventaja de los goles de visitante.

Desafortunadamente para Jude, el City marcó dos goles más esa noche y eliminó al Borussia Dortmund de la Liga de Campeones. Fue muy difícil de tomar.

Su Primer Trofeo

Después de la decepción de ser eliminados de la Liga de Campeones, el Borussia Dortmund puso su mira en los trofeos domésticos.

Desafortunadamente, un fuerte equipo del Bayern Múnich se adueñó de la liga durante la temporada 2020-2021, por lo que la única oportunidad de Jude para ganar un trofeo en su primera temporada en Alemania se redujo a la Copa DFB-Pokal.

El 13 de mayo de 2021, Jude y sus compañeros de equipo salieron al campo del Olympiastadion de Berlín para enfrentarse al RB Leipzig. Solo 90 minutos separaban a Jude de su primer trofeo en Alemania, y junto a su compañero Jadon Sancho, estaban listos para darlo todo.

Cinco minutos después del inicio del partido, Jadon Sancho canalizó su emoción en un potente disparo desde el borde del área. "¡GOOOOL!" Jude corrió a celebrar con su compañero de selección. "¡Bien hecho, Jay!" gritó mientras cruzaba el campo para unirse a él, todavía lleno de emoción por la ocasión.

Veinticinco minutos después, con la pasión aún corriendo por sus venas, Jude entró demasiado fuerte en una entrada y recibió una tarjeta amarilla. "Oh, árbitro, ¡no fue para tanto!" dijo al oficial.

Jude se sacudió y siguió jugando su partido. Poco después, Erling Haaland marcó, seguido de otro gol de Sancho. ¡El marcador era 3-0 al descanso! Liderando 3-0 en una final de copa y con su mediocampista principal amonestado, el entrenador del Dortmund decidió sacar a Bellingham en el descanso.

Aunque no se sintió genial para Jude, sabía que era lo mejor para el equipo, ¡y siempre ha sido un jugador de equipo! Animando desde las líneas laterales, apoyó a sus compañeros durante los 45 minutos restantes.

El partido terminó 4-1 a favor del Dortmund, y fueron coronados campeones. Cuando la confeti dorada comenzó a llover desde el estadio, Jude y sus compañeros levantaron el trofeo por encima de sus cabezas y cantaron sin cesar durante la noche: "¡Campeones, Campeones, Olé, Olé, Olé!"

Jude acababa de ganar su primer trofeo importante como jugador de fútbol profesional. Y todavía tenía solo 17 años.

Establecimiento Con Inglaterra

El día del 18º cumpleaños de Jude, Inglaterra derrotó a su archirrival Alemania 2-0 en los octavos de final de la Eurocopa 2020. "¡He tenido peores regalos! 😂 ¿Qué tan buenos fueron los chicos?🔥" tuiteó después de ese partido.

Inglaterra llegó a la final de la Eurocopa 2020, y Jude había jugado suficientes minutos como para sentir que había ayudado mucho. En la final, se enfrentaron a Italia en el estadio de Wembley. Era la primera vez en 55 años que Inglaterra llegaba a la final de un torneo importante. La última vez que estuvieron en una final, ganaron la Copa del Mundo, y esa final también fue en el estadio de Wembley. ¡Seguramente, esto era una buena señal!

Desde el banquillo, y justo después de un minuto de juego, Jude se encontró corriendo por la línea de banda y gritando incontrolablemente. "¡GOOOOOOOOL!" Luke Shaw había adelantado a Inglaterra en la final, y parecía que el fútbol volvería a casa.

Desafortunadamente para Jude y el equipo de Inglaterra, Italia empató después de 67 minutos, y el partido se fue a penales. Inglaterra perdió 3-2 en los penales, y Italia fue coronada campeona de Europa.

A pesar de sentirse devastado en el campo de Wembley esa noche, Jude no tardó mucho en cambiar su suerte. Curiosamente, fue en Wembley de nuevo, 14 meses después de la derrota ante Italia, donde tuvo uno de los partidos más memorables de su vida.

En un partido de la Liga de Naciones contra Alemania, Jude comenzó en el centro del campo, y junto con su compañero Declan Rice, dominó el juego durante 90 minutos, incluso ganando el penalti que le dio a Inglaterra una ventaja de 3-2.

A pesar de ser sustituido en el minuto 91 después de que Alemania empatara, todo el estadio de Wembley se puso de pie para dar a Jude una ovación de pie por su actuación.

Los comentaristas no podían dejar de hablar de lo bueno que era este joven jugador. Después de ese partido, los aficionados de todo el mundo se dieron cuenta de que la próxima superestrella de Inglaterra había llegado al escenario mundial. Y con solo 19 años, todos sabían que este fenómeno estaría presente por mucho tiempo.

Primer Gol Con Inglaterra

Poco después de aquel partido con Alemania, llegó la Copa Mundial de 2022 en Catar. El primer partido de Inglaterra fue en el Estadio Internacional Khalifa contra Irán, y para ese momento, uno de los primeros nombres en la alineación era el número 22 de Inglaterra: Jude Bellingham.

No pasó mucho tiempo para que Jude dejara su huella en su debut en el Mundial. A los 35 minutos del primer tiempo, Raheem Sterling encontró a Luke Shaw en la banda con un pase corto. Instintivamente, Shaw lanzó un centro de primera al punto de penalti donde Jude había cronometrado su carrera perfectamente. Con un rápido movimiento de pies, Jude saltó al aire y con calma dirigió su cabezazo hacia la esquina superior derecha de la portería. ¡GOOOOL!

Los aficionados ingleses dentro del estadio estallaron en un frenesí de emoción. Jude se lanzó en una carrera celebratoria con su dedo derecho apuntando al cielo y su brazo izquierdo rodeando a su compañero de equipo Mason Mount. Su primer gol para Inglaterra no podría haber llegado en un mejor momento: durante el partido de apertura de la Copa Mundial para su país.

Bellingham fue titular en todos los partidos de Inglaterra en ese torneo, ofreciendo actuaciones cercanas al hombre del partido cada vez. En el partido de octavos de final, corrió elegantemente hacia el área senegalesa antes de retroceder un pase para que Jordan Henderson anotara. Unos minutos más tarde, después de que el capitán Harry Kane fallara una oportunidad, Jude lo levantó del suelo con ánimo, "No te preocupes, Harry. Sigue intentándolo. ¡Tu gol está por venir!"

Segundos antes de que el árbitro pitara el final del primer tiempo, Jude recogió el balón en su propia mitad y dribló por el centro del campo. Atrajo la presión de tres jugadores senegaleses que no pudieron quitarle el balón, dejando a Phil Foden sin marca. Jude se lo pasó a Phil, quien luego se lo entregó a Harry Kane. Harry dio un toque y ¡BOOM! Lanzó un potente disparo al fondo de la red. Jude celebró con su capitán. "¡Te dije que estaba por venir!"

Jude dominó ese partido desde el centro del campo. Esa noche derrochó clase, e Inglaterra ganó el partido 3-0 para preparar un enfrentamiento con Francia en los Cuartos de Final del Mundial.

Desamor En El Mundial

El 10 de diciembre de 2022, Inglaterra se enfrentó a Francia en el Estadio Al Bayt por un lugar en la semifinal del Mundial. Una vez más, Jude estaba en la alineación titular de Inglaterra. No mostró signos de nerviosismo mientras cantaba su himno nacional antes del inicio del partido.

Quizás Jude estaba demasiado relajado porque, a los 17 minutos, Aurélien Tchouaméni recibió un balón al borde del área inglesa. Tchouaméni rápidamente disparó desde 25 metros, y el balón se coló en la esquina inferior derecha de la portería de Inglaterra.

"Nooooo," gimió Jude. Tchouaméni era el centrocampista central de Francia, y era el trabajo de Jude enfrentarlo esa noche. Jude fue demasiado lento para cerrarle el paso a Tchouaméni, y su disparo pasó entre sus piernas para darle a Francia la ventaja. Fue un pequeño error que les costó un gol, pero Jude no se dejó abatir. "¡Cabezas arriba, chicos! Todavía estamos en este partido," gritó a sus compañeros.

Un minuto después del segundo tiempo, Jude lanzó un disparo potente que fue salvado por el portero francés Hugo Lloris. Inglaterra estaba en ascenso, inspirada por su joven centrocampista, y lograron el empate que merecían cuando Harry Kane convirtió un penalti en el minuto 54. "¡Siiii!" gritó Jude.

Sin embargo, las celebraciones fueron breves, ya que Olivier Giroud dio a Francia una ventaja de 2-1 en el minuto 78. Seis minutos después, en los últimos momentos del partido, Inglaterra fue premiada con otro penalti. Harry Kane necesitaba anotarlo para mantener vivas sus posibilidades de gloria en el Mundial.

En un giro inesperado, el capitán de Inglaterra envió su disparo por encima del travesaño, desinflando instantáneamente a toda una nación. Su única manera de volver al Mundial se había desvanecido con ese penalti fallado. Todos sabían que estaba acabado. Sin embargo, Bellingham, aún siendo un adolescente, fue el único miembro del equipo inglés en consolar a su capitán en el minuto 84 de lo que terminó siendo una derrota por 2-1. "Ánimo, capitán. Habrá otras oportunidades," dijo.

Inglaterra fue eliminada del Mundial esa noche, pero desde las ruinas de la derrota, claramente estaba emergiendo un nuevo líder...

Desamor En Casa

Jude regresó del Mundial muy decepcionado, pero rápidamente dio un giro a la situación.

Canalizó su decepción en determinación para ganar un trofeo con el Borussia Dortmund, ayudando a su equipo a ganar innumerables partidos en los primeros meses de 2023.

A pesar de vender a dos jugadores clave al comienzo de la temporada (Erling Haaland y Jadon Sancho), el Borussia Dortmund llegó al último partido de la temporada en la cima de la Bundesliga, dos puntos por delante de su rival más cercano, el Bayern Múnich.

"Una victoria más y el trofeo de la liga es nuestro, chicos," gritó Jude alentando a sus compañeros en el vestuario. "¡Ahora salgan y terminen el trabajo!" vociferó mientras se dirigían al campo. Bellingham estaba lidiando con una lesión de rodilla y no podía jugar, pero eso no lo detuvo de liderar desde las líneas laterales.

El Borussia Dortmund tuvo un comienzo de pesadilla en el partido que necesitaban ganar.

Se encontraron perdiendo 2-0 después de 24 minutos. "Noooo," pensó Jude. Nunca había querido tan desesperadamente jugar un partido para ayudar a sus compañeros.

Dortmund recuperó un gol en el minuto 69 y otro en el minuto 96 para empatar el partido 2-2.

Sin embargo, de la manera más cruel, el Bayern Múnich ganó su último partido de la temporada. Esto significaba que terminaron la Bundesliga empatados en puntos con el Borussia Dortmund, pero con una mejor diferencia de goles.

El título de liga fue cruelmente arrebatado a Jude y sus compañeros con el último suspiro de la temporada. Fue demasiado para Jude, y se encontró llorando en el centro del campo cuando sonó el pitido final.

Acercamiento De Madrid

A pesar de que el título de liga le fue arrebatado cruelmente el último día de la temporada, Jude fue nombrado Jugador de la Temporada de la Bundesliga 2023.

Los reconocimientos personales no significaban mucho para Jude; estaba devastado por haber perdido el título de liga y de inmediato fijó su objetivo en ganar la próxima Bundesliga.

"¿Has visto los periódicos, hermano?" le preguntó Jadon poco después de que terminara la temporada. "Te están vinculando con todos los grandes clubes de Europa."

"No me importa, amigo. Tengo asuntos pendientes con el Dortmund."

"Pero aparentemente el Real Madrid está interesado."

"¿Qué? ¿El Real Madrid?"

Solo había un club por el que Jude dejaría el Borussia Dortmund, y ese era el club más exitoso del mundo, un club que le ayudaría a alcanzar todos sus sueños y aspiraciones. Otros grandes clubes como el Manchester United y el Liverpool intentaron fichar a Bellingham ese verano, pero Mark, el padre y agente de Jude, entabló negociaciones con un solo club: el Real Madrid.

Y así fue, unos días después, el 14 de junio de 2023, que Jude Bellingham dijo a la prensa: "Hoy es el día más orgulloso de mi vida, el día en que me uní al club de fútbol más grande en la historia del juego."

El Real Madrid pagó 103 millones de euros al Borussia Dortmund para asegurar los servicios de Jude. Jude terminó jugando 132 veces para el Borussia Dortmund y contribuyendo con 49 goles durante su tiempo allí.

Después de solo tres años con el club alemán, voló a la capital española para comenzar el siguiente capítulo de su vida, jugando al fútbol para el Real Madrid CF.

VIDA EN ESPAÑA

La Camiseta Más Pesada

Cuando Jude llegó al Real Madrid, había un defensor llamado Antonio Rudiger que llevaba el número 22 preferido de Jude, así que le dieron la camiseta número 5.

El número 5 no solo es un número inusual para un centrocampista, ya que generalmente está reservado para defensores, sino que en el Real Madrid, la camiseta número 5 tiene un significado especial.

El número 5 fue llevado por Zinedine Zidane, uno de los mejores futbolistas de todos los tiempos. Con esa icónica camiseta número 5, Zidane marcó uno de los mejores goles que se han visto en una final de la Liga de Campeones: una hermosa volea con el pie izquierdo que voló hacia la esquina superior derecha de la portería del Bayer Leverkusen y le dio al Real Madrid su novena Copa de Europa.

La camiseta era tan icónica que incluso el padre de Jude solía usarla en casa cuando Jude era un niño. ¡Qué increíble es que Mark Bellingham pasara de usar una camiseta número 5 del Real Madrid en casa a ver a su hijo jugar con ese famoso número frente a miles de fanáticos adoradores!

Llegar al club más grande del mundo trae una inmensa presión. ¿Pero llevar la misma camiseta que la mayor leyenda del club? ¡Eso es otro nivel! Eso es exactamente lo que Jude decidió hacer cuando se puso la camiseta número 5 del Real Madrid.

¿Se derrumbaría Jude bajo la presión de jugar con la icónica camiseta de Zidane, o volaría a alturas similares a las del gran francés? La respuesta fue evidente el día que hizo su debut...

Primer Mes En El Real Madrid

"¡Vamos, muchachos!" Jude gritó mientras salía del túnel en el estadio San Mamés de Bilbao. Solo llevaba dos meses viviendo en España, pero ya podía motivar a sus compañeros en español.

Era la noche del 12 de agosto de 2023, y Jude Bellingham estaba debutando para el Real Madrid CF. No le llevó mucho tiempo causar un impacto; parecía que había estado jugando con sus nuevos compañeros durante años. Con 36 minutos en el reloj, el Real Madrid lanzó un córner que fue profundo hacia el segundo palo. Jude había logrado perder a su marcador de manera astuta y, sin dejar que el balón tocara el suelo, le dio un golpe con el empeine de su pie derecho.

La conexión no fue perfecta, ya que Jude estaba tambaleándose hacia atrás cuando hizo contacto, pero fue una volea de todos modos. El balón rebotó en el suelo y se elevó sobre el portero del Bilbao hasta el fondo de la red. ¡GOOOOL!

Jude corrió hacia la línea de fondo, celebrando su primer gol. Cuando llegó allí, miró a los aficionados y extendió los brazos, con las palmas hacia arriba, recordando la famosa estatua que domina Río de Janeiro en Brasil. Poco después, fue acompañado por sus compañeros Aurélien Tchouaméni y Dani Carvajal.

"¡Bien hecho, Jude! ¡Vamos!" gritaron mientras abrazaban a su compañero.

Aunque no fue el golpe más limpio, quizás era apropiado que el primer gol del nuevo número 5 del Real fuera una volea, muy parecido al famoso gol de Zidane en la Liga de Campeones.

Al final del mes, Jude Bellingham había marcado cuatro goles y registrado una asistencia para su nuevo club. Terminó agosto de 2023 como el máximo goleador de la liga y fue galardonado con el premio al Jugador del Mes de La Liga.

El chico de Birmingham había retomado justo donde lo había dejado en Alemania. Y las cosas estaban a punto de mejorar aún más...

Igualando A Las Leyendas

Cuando Jude había jugado 10 partidos para el Real Madrid, había roto casi todos los récords que se habían mantenido en el club.

Igualó el récord de la leyenda del club Pepillo de marcar en sus primeros cuatro partidos con el club.

Para su décimo partido, Jude había anotado 10 goles para el Real Madrid.

Una estadística asombrosa que solo es igualada por el mejor jugador en la historia del Real Madrid: Cristiano Ronaldo, el jugador que muchos consideran el Mejor de Todos los Tiempos. ¡Y Jude lo estaba igualando paso a paso!

La diferencia entre los dos jugadores es que cuando Ronaldo logró esa hazaña, consiguió una asistencia. Cuando Jude anotó sus 10 goles, obtuvo 3 asistencias. Esto mostró al mundo que no solo era una máquina de goles, sino un jugador desinteresado enfocado en el bien mayor del equipo.

Impulsado por el deseo de no tener la liga cruelmente arrebatada como en el Dortmund, Jude estaba en una misión para llevar la gloria al Real Madrid en todos los frentes.

Para octubre de 2023, se había convertido en el primer jugador en la historia del Real Madrid en marcar en su debut en La Liga, su debut en la Liga de Campeones y su debut en El Clásico.

Ah, ¿se nos olvidó mencionar los primeros dos partidos de Jude contra el archirrival del Real Madrid, el Barcelona?

Barcelona 1.0

El Clásico, el partido de clubes más grande del mundo, ocurre al menos dos veces por temporada e involucra a los dos clubes más exitosos de España: Barcelona y Real Madrid.

Este juego es visto por fanáticos del fútbol en diferentes países, ya que siempre presenta a las superestrellas más grandes del deporte. El partido se destaca como la mayor rivalidad de clubes en el mundo, tanto que tiene su propio nombre: El Clásico.

En octubre de 2023, el Barcelona estaba en camino de ganar El Clásico 1-0. Ilkay Gundogan había marcado en el minuto 6, y el Real Madrid estaba teniendo dificultades para romper la defensa del Barcelona.

"No aceptaré eso," pensó Jude en el minuto 68 cuando recogió un balón despejado por la defensa del Barcelona. Jude, parado a 30 yardas de la portería, tomó un toque para controlar el balón, otro toque para sacarlo de debajo de sus pies, y con su tercero, lanzó un cohete de disparo que pasó volando al portero del Barcelona y se metió en el fondo de la red.

"¡Vamooos!" Jude gritó mientras sus compañeros venían a celebrar con él. Acababa de marcar el gol número 300 del Real Madrid en un partido de El Clásico, y había sido una obra de arte.

En los últimos minutos del partido, Dani Carvajal jugó un balón a Luka Modric dentro del área del Barcelona. El mediocampista croata no pudo controlarlo correctamente, y rebotó hacia el portero del Barcelona, pero Jude no había renunciado a ese balón. De la nada, le pegó una patada, enviándolo entre las piernas del portero. No solo había empatado el partido en el minuto 68, sino que también lo había ganado para el Real Madrid con el último toque del juego.

Jude ni siquiera gritó después de su gol; sabía que todos entendían lo grande que era este momento. En su lugar, corrió hacia la esquina del campo y extendió los brazos frente a los aficionados visitantes. Todos estaban asombrados, y él absorbió la adoración de sus compañeros con los brazos extendidos.

Barcelona 2.0

Marcar un gol de la victoria en el tiempo de descuento en el partido de clubes más grande del mundo es el sueño de cualquier jugador. Incluso los mejores talentos del fútbol mundial te dirán que es un evento único en la vida para cualquier jugador en la Tierra.

Pero Jude Bellingham no es cualquier jugador. Su talento es tan magnífico que puede hacer que un evento único en la vida ocurra dos veces en una temporada.

En el partido de vuelta del El Clásico de la temporada 2023/24, el Real Madrid recibió al Barcelona en un estadio Santiago Bernabéu lleno la noche del 21 de abril de 2024.

El Barcelona tomó la delantera dos veces en el partido, una vez en el minuto 6 y luego nuevamente en el minuto 69. Parecía que el juego estaba destinado a terminar en empate después de que el Real Madrid valientemente volviera a empatar el marcador. Pero este equipo del Real Madrid estaba luchando por el título de liga, y simplemente no sabían rendirse.

En el minuto 91, Lucas Vázquez recibió el balón en la banda derecha y rápidamente envió un centro raso al área pequeña. Joselu estaba allí, pero el centro vino demasiado rápido para él. Intentó rematar de tacón al fondo de la red, pero falló completamente el balón.

Al igual que en Barcelona unos meses antes, de la nada, Jude hizo una carrera tardía hacia el área. Corrió hacia el balón tan pronto como Joselu falló su tiro y, con su pie izquierdo, lo disparó al techo de la red.

"¡GOOOOL!" gritó mientras bailaba con Lucas Vázquez en celebración. ¡Jude lo había hecho de nuevo!

¡Dos El Clásicos en su primera temporada en Madrid, y había marcado dos goles de la victoria en el tiempo de descuento! ¡El chico de Birmingham realmente estaba viviendo el sueño!

Súperhéroe De La Súper Copa

Entre los dos encuentros de La Liga entre el Real Madrid y el Barcelona, se jugó un partido especial entre los dos archirrivales.

Tuvo lugar en la capital saudí, Riad, el 14 de enero de 2024, y tanto el Real Madrid como el Barcelona jugaron para ver quién ganaría la Supercopa de España.

La Supercopa de España es una competición corta en la que los mejores cuatro equipos de la temporada anterior se enfrentan para ver quién se lleva el primer trofeo de la nueva temporada.

En las semifinales, el Real Madrid derrotó a sus rivales de la ciudad, el Atlético, para preparar una final de El Clásico.

¡Jude y sus compañeros de equipo estaban muy animados! ¡Y se notaba! En el minuto 7, Jude jugó un pase delicioso que dividió la defensa a Vinicius Junior, quien marcó el gol con facilidad. 1-0 Real Madrid.

Para el minuto 39, Vinicius Junior ya había marcado un hat-trick, sellando prácticamente el primer trofeo de la temporada para el club.

Cuando Jude escuchó el pitido final, levantó los puños en el aire, "¡Vamooooos!" gritó en el cálido aire saudí.

El Real había derrotado cómodamente a sus archirrivales, el Barcelona, 4-1 en una noche calurosa y húmeda en el Medio Oriente.

A solo seis meses de su carrera con el Real Madrid, Jude Bellingham acababa de ganar su primer trofeo para Los Blancos. ¡Parecía que su carrera en España había comenzado de manera perfecta!

Ve Rojo

A medida que la temporada de Jude mejoraba cada vez más, parecía que nada podía salir mal para el centrocampista inglés. Él y sus compañeros de equipo ganaban partido tras partido para el Real Madrid, a menudo remontando para asegurar victorias cruciales y mantenerse en la cima de la carrera por el título de La Liga.

Para marzo, el Real Madrid lideraba la liga, pero solo por unos pocos puntos por delante del Girona, por lo que estaban bajo presión para seguir obteniendo buenos resultados. El 2 de marzo, jugaron contra el Valencia en el estadio de Mestalla y se encontraron 2-0 abajo después de 30 minutos tras un error de su capitán Dani Carvajal. Parecía que algunos de los jugadores empezaban a sentir la presión.

"¡Vamos, muchachos!" Jude les gritó a sus compañeros mientras los jugadores del Valencia celebraban su segundo gol. "¡Todavía estamos en el partido!"

Impulsado por la determinación de Jude, el Real Madrid respondió. Vinicius Junior marcó un gol antes del descanso y luego igualó en el minuto 76.

"¡Siiii!" Jude gritó mientras corría detrás de Vini para celebrar el empate con él. "Uno más, Vini. ¡Vamos por la victoria!"

El árbitro añadió 7 minutos de tiempo de descuento al final del partido, y el Real Madrid todavía no podía encontrar el gol de la victoria. Tuvieron un córner en el minuto 98, que fue despejado antes de que Brahim recuperara el balón. Cuando cruzó el balón de nuevo al área, el árbitro pitó el final del partido, un movimiento muy inusual ya que los árbitros suelen esperar hasta que termine un ataque. Dos segundos después, con el balón aún en el aire, Jude lo cabeceó al fondo de la red del Valencia.

"¡Goooooool!" gritó mientras corría a celebrar, solo para mirar hacia atrás y ver al árbitro diciéndole que no contaría, ya que había pitado mientras el balón estaba en el aire. Todos los jugadores del Real Madrid fueron a quejarse al árbitro por su decisión inusual, y Jude, frustrado por no haber logrado el gol de la victoria, corrió detrás del árbitro y se acercó a su cara: "¡Era gol, árbitro!" gritó.

Al árbitro no le gustó y mostró a Jude una tarjeta roja directa. Jude recibió una suspensión de dos partidos y tuvo que ver desde las líneas laterales cómo su equipo intentaba ganar La Liga en los últimos partidos de la campaña 2023-2024. Estaba muy frustrado.

Conquistador De La Liga

Para cuando llegó mayo, el Real Madrid había derrotado a los gigantes europeos Bayern Munich y eliminado a los campeones reinantes, el Manchester City, de la Liga de Campeones.

El 4 de mayo de 2024, el Real Madrid recibió al Cádiz en la liga. Llegaban a ese partido en buena forma, sin haber perdido un solo partido de La Liga en todo el mes anterior. Desafortunadamente para Jude, no comenzó ese partido para Los Merengues. Un ocupado calendario de la Liga de Campeones y de liga hizo que el entrenador del Real Madrid, Carlo Ancelotti, pensara que tal vez le había pasado factura a Jude.

No pasó mucho tiempo antes de que Jude demostrara que no estaba cansado en absoluto. Entró como sustituto en el minuto 66, y dos minutos después, ganó un balón que se había desviado cerca del área de penalti del Cádiz. Instintivamente, lo jugó hacia la banda para Luka Modric, quien se lo pasó a Brahim Díaz.

Jude no había dejado de correr desde que soltó el pase a Modric. "¡Pásala!" le gritó a Brahim, señalando el parche de césped donde estaba corriendo. Brahim colocó el balón exactamente donde Jude estaba señalando, y con un simple toque de su pie derecho, Jude hizo el 2-0. Fue su 18º gol en La Liga para el Real Madrid. Madrid ganó 3-0 esa noche, y con el Barcelona perdiendo 4-2 contra el Girona más tarde esa noche, reclamaron su 36º título de La Liga.

Jude lo había logrado. Todavía quedaban cuatro partidos por jugar en la temporada, pero acababa de ganar su primer título de liga y había sido el máximo goleador del Real Madrid cuando lo aseguraron. Cuando se supo la noticia de la derrota del Barcelona esa noche, Jude celebró desde su coche con los aficionados que lo esperaban, antes de publicar una foto en las redes sociales con su madre en un Estadio Bernabéu vacío.

La semana siguiente, el equipo del Real Madrid realizó un desfile en autobús abierto por la ciudad. "¡Campeones, Campeones, Ole, Ole, Ole!" cantaba un Jude encantado desde lo alto del autobús. A pesar de las celebraciones, un decidido Jude agarró el micrófono para dirigirse a sus adoradores fans en perfecto español: "Queda un partido más en Wembley. Y lo ganaremos. ¡Hala Madrid!"

Jude tenía un trabajo más que hacer antes de que terminara la temporada...

Campeón De La Champions

El 1 de junio de 2024, el Real Madrid se enfrentó al Borussia Dortmund en el Estadio de Wembley, en una batalla que determinaría a los Campeones de Europa. Este fue un partido particularmente emotivo para Jude, ya que se enfrentaba a su antiguo club, donde aún tenía muchas amistades.

El Real Madrid se enfrentaba a un oponente formidable en el Dortmund, que venía de su victoria sobre el PSG de Kylian Mbappe en la semifinal. La primera mitad fue una contienda de infarto, y muchos expertos creían que el Real Madrid tuvo suerte de llegar al descanso con un marcador de 0-0. El Dortmund había sido el mejor equipo, y el partido estaba lejos de decidirse.

"¡Vamos, chicos! 45 minutos. ¡Eso es todo lo que necesitamos para hacer historia!" Jude gritó a sus compañeros cuando salieron para la segunda mitad. Desafortunadamente para Jude, continuó teniendo un partido tranquilo en esa fría noche de verano en Wembley, pero la grandeza solo necesita unos segundos para brillar.

En el minuto 83, después de un error descuidado de Ian Maatsen, Jude recogió el balón en el borde del área de 18 yardas y jugó un pase para que Vinicius Junior lo recogiera. El brasileño dio un toque antes de enviar el balón al fondo de la red.

"¡GOOOOOL!" rugió Jude Bellingham. Quedaban 7 minutos, y su pase había puesto el partido 2-0, poniéndolo fuera del alcance del Dortmund.

Cuando el árbitro pitó el final del partido, Jude se llevó las manos a la cabeza. Lágrimas de alegría corrían por su rostro. Miró hacia las brillantes luces de Wembley para encontrar a su mamá, papá y hermano. Los señaló como diciendo: "Esto es tanto suyo como mío."

Rodeado por el amor de su familia y los fanáticos adoradores en Wembley, corrió de nuevo al campo para poner sus manos en el trofeo con las grandes orejas. Acababa de ayudar al Real Madrid a ganar su 15ª Copa de Europa.

En su primera temporada en el club, ganó 3 trofeos y anotó 23 goles. El chico de Birmingham era ahora, sin duda, el hombre principal en Madrid.

Eurocopa 2024

En el verano de 2024, el Campeonato Europeo tuvo lugar en Alemania. Inglaterra era favorita para ganar, gracias a un jugador en el centro del campo que acababa de ganar la Champions League. Solo tenía 20 años, pero todo el mundo en Inglaterra ya contaba con Jude para conseguir un trofeo internacional.

Si Bellingham sentía presión, no lo mostró en absoluto. En el primer partido de Inglaterra contra Serbia, no solo marcó el único gol del partido (un potente cabezazo tras un centro de Bukayo Saka), sino que también fue nombrado el mejor jugador del partido por su impresionante actuación.

Inglaterra lideró su grupo y se enfrentó a Eslovaquia en el primer partido de eliminación directa. Sin embargo, los jugadores no habían jugado bien durante el torneo, y muchos aficionados se estaban volviendo en contra del equipo inglés.

Las cosas empeoraron para Inglaterra cuando perdían 1-0 en el minuto 94 contra Eslovaquia. Mientras la gente empezaba a abandonar el estadio, Jude nunca se rindió. En el minuto 95, saltó al aire para rematar un centro de Marc Guehi.

Se giró en el aire y, de una espectacular chilena, envió el balón hacia la portería. "¡GOOOOL!" gritó, celebrando con el banquillo de Inglaterra. ¡Jude había rescatado a Inglaterra de las garras de la derrota de la manera más épica!

Inglaterra ganó el partido en la prórroga y luego venció a Suiza (Jude marcando con calma en la tanda de penaltis) en los cuartos de final y a Países Bajos en las semifinales. Esto les llevó a la final contra España en la Eurocopa 2024.

En la final, Inglaterra se enfrentó a un duro equipo español liderado por un joven Lamine Yamal, y en el minuto 86, los aficionados ingleses quedaron atónitos cuando Oyarzabal puso a España por delante 2-1.

Jude y sus compañeros no tuvieron tiempo suficiente para recuperarse y, tristemente, perdieron la final esa cálida noche en Berlín. Jude dijo que fue absolutamente "desgarrador" perder tan tarde en el partido. "Queríamos hacer que el pueblo de Inglaterra se sintiera orgulloso, pero no lo conseguimos."

Fue uno de los puntos más bajos de su carrera, pero Jude, siendo Jude, se recuperó y puso su mirada en la pretemporada con el Real Madrid para la temporada 2024-2025.

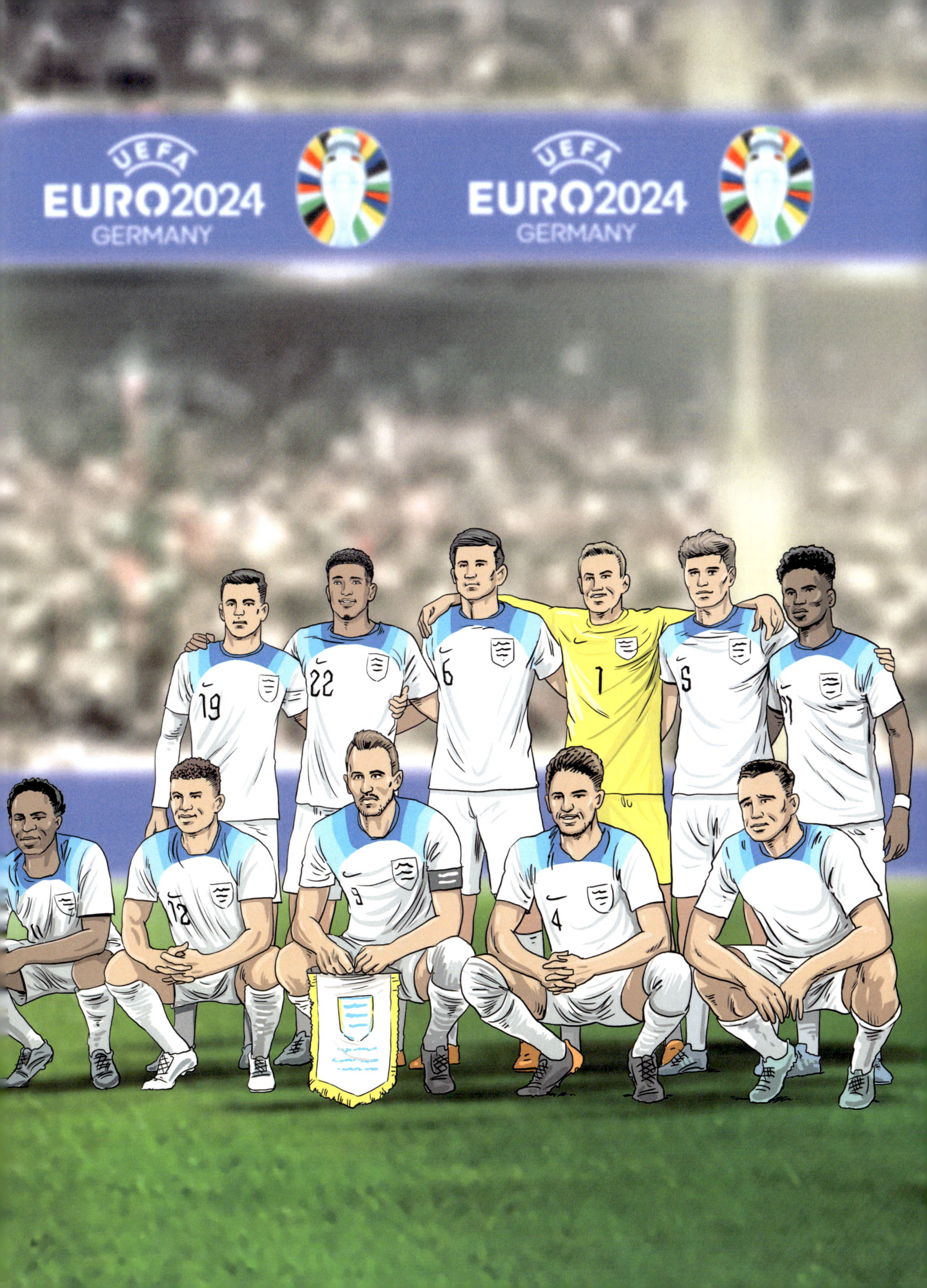
UEFA
EURO2024
GERMANY
UEFA
EURO2024
GERMANY

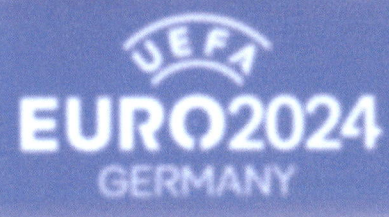

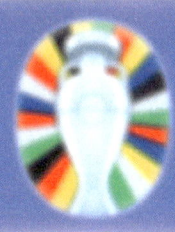

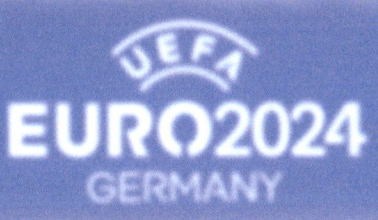

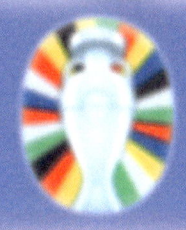

LA VIDA DE JUDE

Al Tope De Kopa

Apenas saliendo de su adolescencia, Jude Bellingham ya ha ganado trofeos en dos países europeos: la DFB Pokal en Alemania en 2021 y La Liga, la Supercopa de España y la Liga de Campeones en 2024.

Su ascenso al éxito no fue inesperado—después de todo, el Birmingham City retiró su camiseta cuando tenía solo 17 años—pero la velocidad con la que se convirtió en uno de los mejores jugadores del mundo fue asombrosa.

Jugar en una final de la Liga de Campeones con el mejor equipo del mundo en su primera temporada y terminar como su máximo goleador en La Liga, ¡cuando ni siquiera es delantero! Eso dice mucho del talento que posee este joven.

No es de extrañar entonces que, debido a su actitud de equipo, muchos premios personales lo hayan seguido. A finales de 2023, después de casi ganar la Bundesliga con el Dortmund y romper todos los récords de novatos en el Real Madrid, ganó el Trofeo Kopa. El Trofeo Kopa se otorga al mejor futbolista menor de 21 años del planeta y es votado por antiguos ganadores del Balón de Oro. ¡Imagina ser votado como el mejor jugador joven del mundo por los mejores futbolistas que han jugado alguna vez!

"Solo quiero agradecer a todos los que me ayudaron a llegar a este punto. Especialmente a mi mamá, mi papá y mi hermano," dijo Jude después de recibir su premio. Como si ese galardón personal no fuera suficiente, también terminó el año con el Golden Boy Award, que también se otorga al mejor jugador menor de 21 años, pero votado por periodistas expertos.

Si brillar en el escenario futbolístico no fuera suficiente, Jude dio un paso más al brillar en el escenario global. En 2024, ganó el Premio Laureus al Deportista Revelación del Año, un premio que se otorga al talento joven más destacado en cualquier deporte.

Al ganarlo, Jude siguió los pasos de ganadores anteriores y grandes del mundo como Rafael Nadal y Lewis Hamilton. Si Jude logra lo que ellos han hecho para el tenis o la F1, respectivamente, entonces es seguro decir que tenemos a una futura leyenda en formación en Jude Bellingham.

El Estilo De Jude

En el fútbol moderno, las tácticas están evolucionando rápidamente para reflejar un estilo de juego más rápido, intenso y dinámico. Los jugadores tienen que apresurarse a cerrar espacios y luego explotar en el espacio para contraataques veloces.

La belleza de Jude Bellingham es que se adapta a cualquiera de estos estilos de juego. Mientras los jugadores a su alrededor claramente se esfuerzan y trabajan extremadamente duro para mantener el ritmo y la intensidad, Jude hace que el fútbol parezca sin esfuerzo, como si todavía estuviera deslizándose por un campo en Birmingham sin preocuparse. Hace esto en los tres roles principales que desempeña como centrocampista de área a área.

Primero, descompone eficientemente los ataques cerca de su área leyendo inteligentemente al oponente. Gran parte del fútbol se juega en la mente antes de que el cuerpo de un jugador ejecute un movimiento, y la mente de Jude siempre está un paso por delante de la oposición. Una vez que recupera el balón, puede pasar rápidamente a la ofensiva.

Aquí es donde penetra elegantemente la defensa, ya sea navegando suavemente a través de las entradas como una gacela en pleno movimiento o jugando pases precisos que dividen la defensa y preparan a sus delanteros para los goles.

Por último, y quizás lo más sorprendente, es su capacidad para marcar goles. Es tan bueno en el papel de Número 10 que podrías preguntarte si estaría mejor como delantero puro, dado el número de goles que marca—¡más goles que los propios delanteros de su equipo!

Una cosa es segura: su estilo es de calma y gracia. Pocos deportistas en el mundo han abordado un deporte con tanta gracia mientras se convierten en los mejores en lo que hacen. Jude Bellingham es para el fútbol lo que Roger Federer fue para el tenis: elegante, fluido, sin esfuerzo e inigualable.

Jude Recibe Elogios

El mayor cumplido que se le puede dar a Jude es que, desde que ingresó en la Academia del Birmingham City a los 7 años hasta ganar su primer trofeo de la Champions League, siempre ha jugado contra futbolistas mayores y más experimentados.

Su talento es tan inmenso que siempre ha sido uno de los jugadores más jóvenes en cualquier campo. ¡Imagínate eso, siempre siendo el más joven pero siempre siendo el mejor!

Solo en los últimos años, ahora que ya no es un adolescente, ha jugado ocasionalmente contra algún jugador más joven que él. Sin embargo, la madurez que lo caracterizó de niño no solo sigue brillando, sino que parece haberse multiplicado, dejando un futbolista completo que juega años luz por delante de su tiempo.

La experiencia y la calma que muestra en el campo han dado lugar a algunos de los comentarios más increíbles que se han dicho sobre cualquier futbolista. Aquí están algunos de los mejores:

"Si Bellingham sigue así, podría convertirse en el mejor futbolista inglés de todos los tiempos." — Gary Neville

"Nació para jugar en el Real Madrid, para marcar una era en el club más grande del mundo." — Vinicius Junior

"Me sorprende que solo tenga 20 años porque parece que tiene 30 por su carácter y actitud." — Carlo Ancelotti

"Es uno de los mayores talentos del mediocampo del mundo. Con solo 20 años, lidera el equipo." — David Alaba

"Es mitad artista, mitad guerrero." — Alfredo Relaño

"Bellingham tiene al planeta fútbol bajo su hechizo. Un jugador sin límites." — Tomás Roncero

Ícono De Celebración

A medida que Jude comenzó a marcar goles por diversión en el Real Madrid, su celebración empezó a llamar más la atención. Cada vez que Jude marca, corre hacia los aficionados antes de detenerse y extender sus brazos justo por encima de sus hombros, abriéndolos de par en par, con las palmas hacia afuera.

Esta celebración ha comenzado a ponerse de moda, y ahora millones de niños en los patios de recreo de todo el mundo la imitan cada vez que marcan un gol. Y no son solo los niños quienes imitan la celebración. Estrellas del deporte global como Novak Djokovic y Carlos Alcaraz han hecho lo que llaman la celebración "Hey Jude" después de ganar partidos de tenis.

Algunos la llaman "El Corcovado de Stourbridge," haciendo referencia a la estatua del Cristo Redentor en Río de Janeiro y al lugar de nacimiento de Jude. Pero, ¿de dónde viene esta celebración?

"La verdad es que no sé exactamente de dónde viene," ha dicho Jude.

A diferencia de lo que muchos piensan, Jude no comenzó su celebración en España. Sacó esta celebración por primera vez cuando era un chico de 16 años en el sureste de Londres, jugando para el Birmingham. Fue su segunda titularidad con el club, y después de cronometrar una carrera impecable en el área del oponente, marcó el gol de la victoria contra el Charlton Athletic.

"¡Gooooool!" gritó mientras los aficionados visitantes enloquecían detrás de la portería. Rápidamente corrió frente a los aficionados, extendió los brazos en la ahora icónica pose, y celebró su segundo gol con el Birmingham City.

Unos años después, con muchos goles a su nombre para el Real Madrid, esta celebración se ha convertido en icónica. Comenzó de manera orgánica en Birmingham sin una razón real detrás, pero ha continuado en el club más grande del mundo, el Real Madrid. Sin duda, se convertirá en tan famosa, si no más famosa, que la celebración "Siiuu" de Ronaldo.

La Importancia De La Familia

Jude ha estado en constante movimiento desde que comenzó a jugar al fútbol. De Stourbridge a Birmingham, de Dortmund a Madrid, y luego de regreso a Inglaterra para cumplir con sus deberes en el equipo nacional, su vida ha estado llena de viajes, lo que dificulta establecer una rutina.

Sin embargo, una cosa que ha permanecido constante en su vida es su familia. Desde el momento en que Jude y su hermano Jobe pudieron caminar, estuvieron apoyando a su papá en los partidos de su carrera semiprofesional. Y cuando ambos hermanos Bellingham se hicieron profesionales, su papá dejó su carrera como oficial de policía para apoyarlos en el campo.

Incluso durante los momentos más desafiantes, como cuando Jude decidió mudarse a Alemania a los 17 años, su mamá se fue con él mientras su papá se quedó en Birmingham para apoyar el desarrollo y la progresión de Jobe en el primer equipo del Birmingham City. La familia se dividió, pero solo para apoyar a ambos hijos por igual en sus sueños futbolísticos.

El amor y el apoyo dentro de la familia Bellingham son evidentes en cada lugar al que van y en cada acción que toman. Los fines de semana cuando sus horarios de fútbol no chocan, no es raro ver a Jude viendo jugar a Jobe para el Sunderland y viceversa.

La relación de Jude con su mamá tiene un vínculo especial. Él la llama cariñosamente su "reina," y su amor por ella fue evidente cuando Jude ganó su primer título de La Liga en España.

Tan pronto como se confirmó la victoria con la derrota del Barcelona ante el Girona, publicó en las redes sociales, "¡Campeones de España 🏆 HALA MADRID! 🤍" ¿La foto que acompañaba? Una imagen de él abrazando a su mamá en un Santiago Bernabéu vacío.

"El papel que juega mi mamá es enorme. Probablemente es el más importante de todos, más que el de mis entrenadores y directores," ha dicho un amoroso Jude sobre su mamá.

El Cariño De Los Aficionados

Si la relación de Jude con su familia es impresionantemente fuerte, su conexión con los aficionados realmente lo distingue en el mundo del fútbol. Tan buena como sus habilidades en el campo, Jude tiene una increíble capacidad para conectar con aficionados de todas las edades y orígenes, ya sea dentro o fuera del campo.

Uno de los mayores ejemplos de cómo los aficionados son lo primero para Jude fue inmediatamente después de ser expulsado contra el Valencia en marzo de 2024. Todos habían visto lo enojado que estaba con el árbitro al final del partido, así que nadie esperaba que estuviera de humor para saludar a los aficionados. Pero para el deleite de todos los niños que esperaban fuera del estadio Mestalla, Jude se aseguró de tomarse fotos, firmar autógrafos y dar abrazos a cada uno de ellos.

A pesar de una decisión increíble en su contra, se le vio bromeando con los aficionados que extendían sus brazos. "Casi, ¿eh? Casi..." Jude bromeó, haciendo referencia a sus brazos extendidos que se parecían a su celebración.

Se ganó aún más el cariño de los aficionados en una fría noche de enero cuando ofreció su manta a un recogepelotas que estaba temblando mientras se sentaba en el banquillo contra el Arandina.

Cuando salió del estadio Santiago Bernabéu después de que el Real Madrid se enterara de que la derrota del Barcelona significaba que eran campeones, salió del estadio hacia un mar de aficionados adoradores. Jude bajó la ventana, tocó la bocina de su coche y saludó a todos sus seguidores, una pequeña muestra de agradecimiento y reconocimiento por su apoyo incondicional durante toda la temporada. Era su forma de devolver el cariño después de un año de apoyo que lo vio convertirse en el campeón de España.

La capacidad de Jude para conectar con los aficionados, combinada con su increíble talento, lo convierte en una figura verdaderamente especial en el mundo del fútbol.

¡Tiempo Completo!

Hola, amigo,

Hemos vivido una gran aventura juntos, ¿verdad? Desde los humildes comienzos en los campos de Birmingham hasta las deslumbrantes luces de Madrid, la historia de Jude Bellingham no es solo sobre fútbol. Es un poderoso recordatorio de lo que es posible cuando te atreves a soñar en grande y lo respaldas con un trabajo duro y amabilidad implacables.

La historia de Jude es tu guía, joven soñador, con los ojos llenos de estrellas y los pies deseando dejar huella en el campo de fútbol. Así que aquí está mi llamado a la acción para ti: Átate las botas y persigue tus sueños con la misma pasión y dedicación que muestra Jude cada vez que pisa el campo. Recuerda, los sueños no funcionan a menos que tú lo hagas. Y aunque el camino pueda ser largo y lleno de desafíos, es el viaje hacia esos sueños lo que realmente nos moldea.

Estoy increíblemente agradecido de que hayas elegido compartir esta travesía conmigo a través de las páginas de este libro. Espero que la historia de Jude encienda una chispa en tu corazón y te impulse a perseguir tus sueños con una determinación inquebrantable. Y, oye, me encantaría escuchar tus historias también. Comparte tus batallas, victorias y momentos de inspiración conmigo, y mantengamos vivo el espíritu de perseverancia juntos. Dejaré mi dirección de correo electrónico a continuación por si quieres pedirle a un adulto que comparta estas historias conmigo.

Mientras cerramos este capítulo, recuerda que la historia de Jude está lejos de terminar. El campo aún llama, la multitud aún ruge, y el juego continúa. El legado de Jude Bellingham todavía se está escribiendo, y el tuyo también. Como dicen, lo mejor está por venir.

Aquí está para soñar en grande, trabajar duro y jugar aún más duro. Aquí está para el viaje que nos espera y las historias que contaremos. ¡Sigue persiguiendo esos sueños!

Michael Langdon
Mikelangdon1@gmail.com   Instagram:@itsmikelangdon

Un Favor Rápido

¡Gracias por compartir esta aventura con nosotros! 📚✨
Si disfrutaste del viaje, nos encantaría escuchar tus pensamientos.
Tus reseñas son como pequeños abrazos para nuestro libro.
Por favor, deja una pizca de estrellas y
un toque de palabras amables en tu plataforma favorita.
¡Realmente ayuda a autores independientes como yo!
¡Feliz lectura y gracias por ser parte de nuestra historia!

www.ingramcontent.com/pod-product-compliance
Lightning Source LLC
Chambersburg PA
CBRC091723070526
44585CB00008B/154